· JULIUS ·
EL REY DE LA CASA

¡ NO ME DIGAS QUE ESE BULTO ES UN BEBÉ! ¡ Y YO QUE CREÍA QUE TE ESTABAS PONIENDO GORDA COMO LA TIA MONA !

KEVIN HENKES

Traducido por Teresa Mlawer

EDITORIAL EVEREST, S. A.

Colección dirigida por Raquel López Varela

Título original: Julius, the Baby of the World

PRIMERA EDICIÓN, primera reimpresión, 1996

©1990 by Kevin Henkes

© 1993 EDITORIAL EVEREST, S.A., para la edición española
Carretera León - La Coruña, km 5 - LEÓN
ISBN: 84-241-3343-9
Depóstio Legal: LE. 186-1993
Printed in Spain - Impreso en España

EDITORIAL EVERGRÁFICAS, S.L.
Carretera León - La Coruña, km 5
LEÓN (España)

• PARA SUSAN •

LA "EDITORA-REINA" DE LA CASA

BEBÉ

CANCIONES
DE
CUNA

Antes de que Julius naciera, Lily era
la mejor hermana del mundo.

Le regalaba cosas.

Le contaba secretos.

Y le cantaba nanas todas las noches
antes de irse a dormir.

Pero una vez que Julius nació, la cosa cambió.

Lily le quitaba los regalos.

Le pellizcaba la cola.

Y le gritaba cosas poco agradables en la cuna.

—Yo soy la reina de la casa —repetía Lily—.
¡Julius es odioso!

Para sus papás, en cambio, Julius era adorable.

Besaban su húmeda naricita sonrosada.

Admiraban sus ojitos negros.

Acariciaban su suave y fragante pelo blanco...

Lily, por el contrario, pensaba que su nariz sonrosada era más bien pegajosa.

Que sus pequeños ojos negros eran como dos diminutas canicas.

Y que su suave pelo blanco no era tan fragante, especialmente cuando había que cambiarle el pañal.

—¡Julius es el rey de la casa! —exclamaban los padres de Lily.

—¡Es asqueroso! —replicaba ella.

Lily, además, se veía obligada a compartir su habitación con Julius.

—Cuando Julius se vaya de esta casa, ¿podré tener la habitación para mí sola otra vez? —preguntó.

—Julius no se va a ir de esta casa —le aclaró su mamá.

Y, efectivamente, no se fue. Se quedó, se quedó y se quedó.

Lily tenía que guardar silencio mientras Julius dormía la siesta.

—Cuando Julius se vaya de esta casa, ¿podré hablar como una persona normal? —protestaba.

—Julius no se va a ir de esta casa —le recordó su papá.

Y, efectivamente, no se fue. Se quedó, se quedó y se quedó.

—Queremos que cuando Julius sea mayor, sea tan extraordinario como tú —dijo la mamá de Lily—. Por eso debemos repetirle una y otra vez lo precioso que es y lo mucho que lo queremos…

Pero cuando Lily estaba sola ante la cuna, sus palabras no eran las mismas.

—Queremos que Julius sea tan inteligente como tú —dijo el papá de Lily. Por eso debemos cantarle los números y las letras, para que le vayan sonando.

Pero cuando Lily estaba sola ante la cuna, empleaba su propio método de enseñanza.

A los padres de Lily no les agradaba
mucho la idea de dejarlos solos.

Lily, entonces, trataba de asustarlo con
los más horribles disfraces. Aprendió,
incluso, trucos de magia por ver si lo hacía
desaparecer.

Y cuando nada de esto daba resultado,
se limitaba, simplemente, a ignorarlo.

Y Lily, claro, se pasaba horas
y horas castigada en la silla.

Los padres, desconcertados, decidieron entonces volcar todo su cariño hacia ella.

Le daban besos y abrazos por cualquier cosa y la mimaban constantemente.

Hasta llegaron a permitirle ir a la cama 15 minutos más tarde de lo habitual.

¡Pero ni aun así! Lily no se rendía:

—Yo soy la reina de la casa —repetía—. ¡Julius es odioso!

Para sus papás, en cambio, Julius era adorable.

Besaban su húmeda naricita sonrosada.

Admiraban sus ojitos negros.

Acariciaban su suave y fragante pelo blanco.

—¡Julius es el rey de la casa! —exclamaban los papás de Lily.

—¡Es asqueroso! —replicaba ella.

Cuando Julius hizo su primera burbuja, a los padres de Lily se les cayó la baba: —¡Increíble! —exclamaron.

Pero si Lily hacía exactamente lo mismo, entonces le reprochaban: —Lily, por favor, eso es de muy mala educación.

Cuando Julius balbuceó las primeras palabras, los padres de Lily suspiraron emocionados:

—¡Qué encanto de niño! ¡Mira cómo habla!

Pero si Lily hacía exactamente lo mismo, enseguida la reprendían:

—Lily, por favor, te estás portando como una niña pequeña.

Cuando Julius gritaba, los papás de Lily
se deshacían en elogios:

—¡Qué pulmones tiene! —decían
complacidos.

Pero si Lily hacía exactamente lo mismo,
al instante la regañaban:

—¡Lily, por favor, qué escándalo es ese!

Un día en que Lily estaba cantando ópera,
su mamá le dijo:

—¿Por qué no utilizas toda esa energía
verbal en contarle un cuento a tu hermanito?

—¡Es muy pequeño todavía para
entenderlo! —respondió Lily.

—A su manera, algo entenderá —insistió la
mamá.

—Está bien —aceptó Lily sonriendo.

"JULIUS, EL GERMEN DE LA CASA.
ESCRITO POR MÍ".

"Había una vez —comenzó Lily— un bebé.
Se llamaba Julius.

Julius era, en realidad, un germen.

Julius era algo así como la basura que se
acumula debajo de la cama.

Si fuese un número, sería el cero.
Y si fuese comida, sería una pasa muy pasa.

Porque el cero es nada.
Y una pasa muy pasa sabe a basura.

FIN" —concluyó Lily.

Por culpa del cuento, tuvo que permanecer sentada
en la silla de los castigos durante 10 minutos.

Lily informó a sus amigos Chester, Wilson y Víctor de todo lo relativo a los bebés:

—¡Creedme, son horribles! —les decía.

Llegó incluso a advertir a las embarazadas:

—¡Verás cómo un día te arrepientes de ese "bulto" que llevas debajo del vestido!

Lily se fue de casa siete veces en una sola mañana.

—¡Esta vez me voy definitivamente! —gritaba para que la oyeran bien—. ¡Y no me encontrarán!

Aquella misma tarde, Lily preparó una de sus fiestas particulares y sirvió el té.

Vinieron todos. Todos menos Julius.

—Su invitación se habrá perdido seguramente en el correo —se justificaba a sí misma.

Lily tuvo sueños maravillosos con Julius.

Y horribles pesadillas también.

Los padres de Lily la colmaban de halagos y de mimos, se deshacían en toda clase de detalles con ella.

Incluso le dejaban tomar el zumo en una taza china muy antigua.

¡Pero ni aun así! Lily no se rendía:

—Yo soy la reina de la casa—repetía—. ¡Julius es odioso!

Para sus papás, en cambio, Julius era adorable.

Besaban su húmeda naricita sonrosada.

Admiraban sus ojitos negros.

Acariciaban su suave y fragante pelo blanco...

—¡Julius es el rey de la casa! —exclamaban los papás de Lily.

—¡Es asqueroso! —replicaba ella.

La mamá de Lily decidió dar una fiesta en honor de Julius.

Acudió toda la familia. La comida no cabía en la mesa.

—¿Por qué tanto alboroto? ¿Es que nunca han visto un "bulto"? —se preguntaba Lily.

Al parecer, no. Durante toda la tarde, la familia no hizo otra cosa que dar vueltas alrededor de Julius.

Besaron su húmeda naricita sonrosada.

Admiraron sus ojitos negros.

Acariciaron su suave y fragante pelo blanco.

—¡Es realmente asqueroso! —dijo su prima Garland.

—¿Quién? —se extrañó Lily.

—Julius. ¡Quién va a ser! Yo diría que su húmeda nariz sonrosada es más bien pegajosa. Sus pequeños ojos negros me parecen dos diminutas canicas. Y su pelo no es, desde luego, ni tan suave ni tan fragante como dicen. Además, ¡necesita que le cambien el pañal!

Lily arrugó la nariz.

Sus ojos se achicaron.

Los pelos se le pusieron de punta.

Y su cola se estremeció.

—¡Estás hablando de mi hermano, primita! —le cortó Lily.

Y para tu información, debes saber que su nariz es preciosa, que sus ojos tienen un brillo especial y que su pelo huele a perfume.

La prima Garland se quedó sin habla.

—Es capaz de hacer burbujas —continuó Lily—. Ya sabe balbucear y grita mejor que nadie.

La prima Garland se dio media vuelta para salir de la habitación.

—¡Espera! —le ordenó Lily—. Yo soy la reina. ¡Ven aquí!

Lily tomó a Julius en sus brazos.

Le besó su húmeda naricita sonrosada.

Admiró sus ojitos negros.

Y acarició su suave y fragante pelo blanco.

—¡Ahora te toca a ti! —le dijo Lily,
poniéndole a Julius en sus brazos.

—Bésalo, admíralo, acarícialo —le ordenó.

—Y ahora repite conmigo:

"Julius es el rey de la casa".

—"Julius es el rey de la casa" —obedeció
la prima Garland.

—¡Más alto! —gritó Lily.

—¡¡JULIUS ES EL REY DE LA CASA!!

Y desde entonces lo fue. Al menos eso dicen todos.
Especialmente Lily.